tour de l'Arbre de Noël

AUTOUR

DE

L'ARBRE DE NOËL

POÉSIES

PAR

E. MONNIN

Pasteur

PARIS

LIBRAIRIE FISCHBACHER

33, RUE DE SEINE, 33

—

1927

AVANT-PROPOS

Autour de l'Arbre de Noël, *il n'y a guère de bonne fête sans chants et sans poésies. A l'église, à l'école, en famille, dans les cercles de jeunesse, c'est à qui contribuera, par sa bonne volonté, sinon par son talent, à la joie de tous.*

Si chaque année voit éclore des chants dont les meilleurs constituent une réserve précieuse et assez abondante, les poésies, celles en tout cas, qui offrent quelqu'intérêt et se prêtent à la récitation, sont moins nombreuses qu'on ne pourrait le croire.

Souvent embarrassé pour en trouver qui fussent appropriées à la circonstance, ainsi qu'à la portée de nos enfants, nous avons été amené à composer celles qu'on va lire. Nous les publions avec l'espoir qu'elles ne paraîtront pas dénuées de tout agrément et qu'elles auront leur utilité.

De longueur et de difficulté variables, ayant en vue différents âges, toutes, elles ont été apprises et récitées à nos fêtes de Noël des écoles du dimanche. Nous souhaitons qu'elles le soient ailleurs encore, par de nombreux enfants, pour leur plaisir et celui de leurs parents, et pour le charme de beaucoup d'arbres de Noël.

E. M.

Présomption et Modestie

FABLE-PROLOGUE

« Voici bientôt Noël », disait à ses élèves,
  Certain dimanche, un moniteur.
    « Il s'agirait, pour notre honneur,
« Que l'un de vous au moins, lors de l'arbre se lève
    « Pour réciter quelque morceau ».

    « Moi, monsieur, moi, j'en sais un beau »,
S'écrie aussitôt Jean, toujours rempli d'un zèle
    Un peu présomptueux parfois.
    Tous les autres se tenaient cois.
« Et Gaston ? » — Mais Gaston, lui, d'une voix frêle,
    Les yeux baissés, il murmurait
    Qu'au grand jamais il n'oserait.

    « Mais si, mais si, tu saurais dire »,
    Et l'encourageant d'un sourire,
    Le bon moniteur déclarait :
« Je te nomme avec Jean, orateur de la troupe ;
« Vous représenterez ensemble votre groupe,
    « Qui sur vous compte ainsi que moi ».

Jean, n'ayant nul souci, Gaston, non sans émoi,
Se préparèrent donc pour le jour de la fête,
    Pour le triomphe... ou la défaite.

Noël venu, l'on s'en alla,
Sans aucun retard ce jour-là,
Au temple qu'une foule immense
Remplissait en la circonstance.

(Je vais à mon but sans détours
Et vous fais grâce des discours,
Des histoires et des cantiques,
Qu'on trouva d'ailleurs magnifiques).

Nous sommes au moment où l'on va réciter :

Sans se troubler
Et sûr de plaire,
Jean commença d'une voix claire.
De lui-même très satisfait,
Il avançait,
Considérant que l'assemblée
Ne pouvait qu'être émerveillée.
Tandis qu'il se félicitait,
Comme Perrette avec son lait,
Voilà l'étourdi qui barbotte,
S'arrête, puis repart,
Mais pour un faux départ,
Recommence, patauge, et, la mine assez sotte,
N'arrive au bout que grâce à l'excellent souffleur,
Qui se trouvait là, par bonheur.

Lorsque, sans gloire,
Et s'en prenant à sa mémoire,
Eut regagné son banc le petit fanfaron,
Vint pour Gaston

La minute si redoutée.
Lui, d'une voix mal assurée,
En hésitant,
Un peu tremblant,
Se lance ainsi qu'à la bataille.
Son cœur est presque défaillant,
Mais ce timide est un vaillant,
Il redresse sa courte taille,
(Le début, c'était le plus dur),
Il sent bientôt qu'il est plus sûr,
Son timbre se fait net et pur,
Il articule, orne, détaille,
Et, — lui-même en est tout surpris —,
Sans accroc achève de dire
Le morceau qui longtemps avait fait son martyre,
Qu'en tremblant il avait appris.

MORALE

Il découle de cette fable
Que tel qui se met en avant
Peut n'être pas le plus capable
Et qu'orgueil égare souvent.
A la valeur la modestie
Devrait toujours rester unie.

PREMIÈRE PARTIE

La Cloche de Noël

Bondissante, à toute volée,
Cloche, dans la nuit étoilée,
Clame, en ce jour, Noël ! Noël !
De ton airain qui se balance,
Du marteau qui frappe en cadence,
Chante l'amour de l'Eternel !

2.

Va trouver l'âme qui s'effraie,
L'enfance insoucieuse et gaie,
Même aux sourds, dis : Noël ! Noël !
Dans les vallons, sur la colline,
Jusqu'à la dernière chaumine,
Fais entendre un vibrant appel !

3.

Il en est qui tardent encore :
Sois plus pressante et plus sonore,
Annonce à tous : Noël ! Noël !
Mets dans tes accents plus de joie :
Il faut qu'en t'écoutant l'on croie
Que ton message vient du Ciel.

4.

Ainsi que pour une victoire,
A pleine voix, — c'est jour de gloire —,
Chante aujourd'hui : Noël ! Noël !
Chante afin que l'on se dépêche,
Qu'on accoure voir dans sa crèche
Notre Sauveur, Emmanuel.

5.

De Jésus qui vient c'est la fête !...
Que du mal sonnant la défaite,
Criant à tous : Noël ! Noël !
Et couvrant les bruits de la terre,
Il convie au divin mystère,
Ton chant joyeux et solennel !

A Noël

A Noël,
Dans le ciel,
Eclate le chant des anges ;
En l'honneur
Du Seigneur
Retentissent ces louanges.

2.

Gloire à Dieu
En tout lieu,
Gloire à notre divin Père,
Pour Celui
Qu'aujourd'hui
Son amour donne à la terre !

3.

Que ma voix,
Roi des rois,
Te glorifie et t'acclame ;
Que ta paix,
A jamais,
Vienne habiter dans mon âme !

4.

Car Jésus
Est venu
M'apporter la délivrance ;
Ce Sauveur,
En mon cœur,
A fait naître l'espérance.

5.

Qu'il est bon,
Le pardon
Que ta grâce nous octroie !
Que toujours
Ton secours
M'apporte lumière et joie !

Chantons Noël

Dans une étable obscure
Vient de naître un enfant,
Chétive créature
Que l'amour seul défend.
Sur un peu d'herbe sèche
Dort le pauvre petit.
C'est une vieille crèche
Qu'on lui donna pour lit.

Mais non loin sur la plaine,
Le ciel paraît s'ouvrir ;
Une voix surhumaine
Soudain se fait ouïr,
Puis, à travers l'espace,
De divins messagers
Chantent l'hymne de grâce
A de pauvres bergers :

Gloire à Dieu sur la terre !
Gloire à Dieu dans les cieux !
Enfants d'un même Père,
Hommes, soyez joyeux !

Le Sauveur, le Messie,
Le Fils vous est donné ;
Selon la prophétie,
Jésus, le Christ, est né !

. . . .

L'humble enfant de l'étable,
C'est notre Rédempteur ;
C'est le don ineffable,
Que nous fait le Seigneur.
Et pour lui nos louanges,
Chaque jour de Noël,
Avec celles des anges,
S'en vont à l'Eternel.

Bethléhem

A Bethléhem tout s'endort,
   Sauf dans une étable.
Une lampe éclaire encor
   Ce lieu misérable.
Là, veillent près d'un enfant,
   Joseph et Marie :
Pour eux la place manquant
   Dans l'hôtellerie.

Jésus a fermé les yeux ;
   Joseph, dans la crèche,
Avec des gestes pieux
   Met la paille fraîche,
Puis Marie ayant baisé
   Son Fils qui repose,
Sur le lit improvisé,
   Doucement le pose.

Mais voici que des bergers
   Ont ouvert la porte ;
Dans un murmure léger
   Que la brise apporte,

On entend l'écho d'un chant :
    « Gloire à Dieu le Père... »,
Hymne sublime et touchant
    Du ciel à la terre.

Et les bergers, à genoux,
    D'une âme ravie,
Devant ce tableau si doux,
    Cette frêle vie,
Adorent le Tout-Puissant,
    Qui vient, secourable,
Se donner en l'humble enfant,
    Né, là, dans l'étable.

Noël ! Noël !

Noël ! Noël ! jour de lumière !
Un astre, apparaissant aux yeux
De ceux qui cherchent en prière,
Mène à l'enfant qui vient des Cieux.
La nuit moins obscure s'est faite ;
On peut entrevoir le chemin.
Suivons-le joyeux, l'âme en fête :
Le Seigneur nous y tend la main.

2.

Noël ! Noël ! jour de victoire !
Le Ciel nous dit : « Paix ici-bas ! »
Le mal c'est qu'on ne veut pas croire,
Le malheur, de ne s'aimer pas.
Assez de luttes entre frères
Invoquant le même Sauveur !
Combattons dans les saintes guerres
Où de Satan l'on est vainqueur.

3.

Noël ! Noël ! ô jour de joie !
L'homme au Ciel a droit de cité.
Par Celui que le Père envoie,
De l'Enfer il est racheté.
L'enfant que Bethléhem vit naître
Et dont Golgotha vit la mort,
Est le Sauveur, est le doux Maître,
Qui vient nous guider vers le Port !

Les Mages

Quoiqu'ils fussent partis de trois côtés divers,
Ils s'étaient rencontrés aux portes de la ville.
Mais l'astre qui guidait leurs pas dans les déserts
N'avait plus son éclat et semblait immobile.

« C'est ici », dit Melchior. — « Le palais le plus beau,
Fit Gaspard, doit, du Christ, abriter la naissance ».
 — « Allons, dit Balthazar, jusqu'au roi s'il le faut ;
« Nous sommes les hérauts de la Toute-Puissance ».

Les scribes consultés dirent : « A Bethléhem
« Doit naître un jour marqué l'enfant de la promesse ».
— « Partez, commande Hérode, et, dans Jérusalem,
« Revenez apporter une sainte allégresse ».

Or, comme ils atteignaient l'humble et vieille cité,
Ils revirent au ciel la lumière admirable ;
L'étoile, devant eux, perçait l'obscurité
Pour s'arrêter soudain au-dessus d'une étable.

Ils ont vite franchi le seuil du pauvre lieu.
Ils voient un nouveau-né dans les bras de sa mère,
Et, leur cœur comprenant que c'est le Fils de Dieu,
Ils se taisent troublés devant le grand mystère.

Puis, ayant adoré le bel enfant qui dort
Et que berce Marie avec un doux sourire,
Ils déposent, joyeux, à ses pieds, leur trésor :
Ils offrent leur encens et l'or pur et la myrrhe.

Au Divin Enfant

Petit enfant qui souris dans la crèche,
Petit enfant Jésus, c'est pour toi que là-haut,
Dans le ciel qui scintille, au cœur de la nuit fraîche,
Monte ce chant sublimement nouveau.
Petit enfant, c'est pour toi que les anges
Ont, aux bergers ravis, fait entendre leur voix,
Pour toi, qu'à l'Eternel, s'élèvent ces louanges,
Fils de Marie et Fils du Roi des rois.

2.

Petit enfant qui nais dans la misère
Et qu'abrite une étable au pays d'Ephrata,
Petit enfant Jésus, le cri « Paix sur la terre »,
Noël, au monde, avec toi l'apporta,
Et grâce à toi, de Dieu la bienveillance
Est, aux pauvres humains, assurée à jamais.
Un peu d'amour, un peu de joie et d'espérance,
Naissent en eux, Jésus, lorsque tu nais.

3.

Petit enfant, Hérode est là qui veille,
Petit enfant Jésus, on prépare ta croix.
Il faut, pour accomplir ton œuvre sans pareille,
Souffrir, mourir sur un infâme bois.

Et tu consens, ô tendresse infinie !
A sentir la morsure horrible du péché ;
C'est pour notre salut que tu donnes ta vie ;
Au châtiment tu veux nous arracher !

4.

A Bethléhem, année après année,
Petit enfant Jésus, nous venons te bénir ;
Ta crèche voit toujours la foule prosternée ;
Ta croix dressée éclaire l'avenir.
Hélas ! le mal reste puissant encore,
Mais par toi nous savons que règne l'Eternel,
Et bien que de ton jour luise à peine l'aurore,
Noël, Jésus, pour nous reste Noël.

Le vieux berger

Le ciel tout frémissant d'ailes et d'harmonie,
A la terre a jeté la nouvelle bénie ;
Le silence renaît ; on n'entend plus dans l'air
Qu'un murmure où se meurt le sublime concert.
« Courons, dit un berger, courons vite à l'étable !
« Allons nous assurer s'il est bien véritable
« Qu'est là, dans une crèche, un enfant nouveau-né,
« Voir quel est ce Sauveur qui nous serait donné ! »
« Quoi ! douter ! fit un autre, et nous venons d'entendre
« Des anges du Très-Haut l'hymne puissant et tendre
« Annonçant le Sauveur attendu par Sion !
« Volons porter au Christ notre adoration ! »
Un sage répartit : « Mais du loup voici l'heure ;
« Il faut près du troupeau qu'un d'entre nous demeure. »
Jonathan, fils de Hir, quoique le plus âgé,
De ce soin déclarant qu'il voulait se charger,
Sans plus attendre, ils dévalèrent dans la plaine.
Le bon vieux se couvrit de son manteau de laine,
S'assit au-près du feu, dans la douce chaleur,
Ses deux chiens à ses pieds et demeura songeur.
Ce n'était pas chez lui stupide indifférence ;
Il avait au contraire une entière assurance,
Obscur témoin des faits en train de s'accomplir,
Qu'ici-bas l'Eternel venait d'intervenir.

Bon Juif, il connaissait la fameuse promesse
Que toujours Israël, en sa pire détresse,
Garda pieusement pour ranimer sa foi.
Il croyait de tout cœur qu'un jour viendrait le Roi
Qui, plus grand que David, selon la prophétie,
Serait Prince de paix et Sauveur et Messie.
Pour avoir lu souvent dans les vieux livres saints,
Il avait quelque peu discerné les desseins
Qu'aux cœurs droits le Seigneur, quand il le veut, révèle,
Et parce que son âme était candide et belle,
Rendant grâce à son Dieu dont il se sent aimé,
Il savait aujourd'hui que le Christ était né.

Or, pendant que sa foi se répand en prière,
Comme s'il échappait à la lourde matière
Et dépouillait son corps qui reste auprès du feu,
Il se voit transporté dans un tout autre lieu...
Il sait : c'est Bethléhem ; il voit : c'est une étable ;
Là sont ses compagnons ; et, l'Enfant adorable,
Le divin Rédempteur, des yeux semble chercher,
Dans l'ombre qui le voile à tous, le vieux berger
Pour qui seul une voix prononce haute et claire
(Et qui pourrait ainsi parler, sinon le Père ?) :
« Voici mon bien-aimé, mon Fils et ton Sauveur »

« Seigneur, dit Jonathan, laisse ton serviteur
« S'en aller maintenant dans ta paix et ta grâce,
« Puisque mes yeux ont vu le salut de ma race. »

... Un aboi furieux ramène à son troupeau
L'esprit du vieux berger honteux d'être en défaut

Et qui voit un grand loup à qui les chiens font face
S'approcher en grondant des brebis qu'il menace.
Mais son corps est inerte auprès du feu qui meurt,
Et, pour ses braves chiens, quelque soit leur valeur,
(Déjà l'un d'eux, qu'atteint une prompte morsure,
Le col ensanglanté, gémit sous la blessure)
Il redoute un combat qui peut être fatal.
C'est alors que devant le féroce animal,
Quelqu'un, glaive à la main, subitement se dresse.
Le loup tout aussitôt pousse un cri de détresse,
Il recule dompté, puis s'enfuit en hurlant,
Sans attendre les coups du glaive étincelant.
Tiré de sa frayeur, Jonathan qui respire,
Dans la crèche croit voir l'Enfant divin sourire,
Tandis que monte un cri : « Loué soit notre Dieu ! »

... Il se retrouve assis à côté de son feu,
Et ce sont les bergers qui lui clament leur joie
Pour Celui qu'en ce jour le Dieu du Ciel envoie.
« Gloire à Dieu, chantent-ils, gloire au plus haut des cieux !
« Car l'Enfant nous est né ! Nous l'avons de nos yeux
« Vu dans son humble crèche, en une pauvre étable !
« Il est venu d'En-haut, le Sauveur, l'Admirable,
« Le Fils par lequel Dieu veut s'approcher de nous !
« Qu'il est bon devant lui de ployer les genoux ! »

« Amen » dit Jonathan, qui, les yeux vers la terre
Demeurait ébloui devant ce grand mystère.

... Mais ainsi qu'un trésor, il serrait dans son cœur
Ces choses de la nuit où naquit son Sauveur.

DEUXIÈME PARTIE

Inégalité

Hier, c'était l'arbre de Noël
Et Victor, — bonheur sans pareil ! —
Reçut des chaussons, des galoches,
Des chocolats et des brioches,
Ainsi qu'un superbe traîneau.

Or, tout juste le temps est beau ;
La terre est couverte de neige ;
Il enfile son manteau beige
Et court accomplir des exploits.

« Hé ! mais c'est Nicolas, je crois.
« Tu fais une drôle de tête ;
« Qu'as-tu donc reçu pour ta fête ? »

Nicolas, à moitié gelé,
Dans son vieil habit déchiré,
Répond en lorgnant les galoches
Et le beau traîneau : « Des taloches ».

Hélas ! tout le monde n'a pas
Le même bonheur ici-bas.
Aussi, des plaisirs qui sont nôtres
Sachons faire une part aux autres.

Ce que je puis

J'aurais aimé, quand vint Jésus
Et que ses parents, mal reçus
Par l'homme de l'hôtellerie
Durent coucher à l'écurie,
A Bethléhem être un Seigneur
Et pouvoir offrir au Sauveur
Un palais digne de sa gloire
Tout de marbre, d'or et d'ivoire.

2.

J'aurais aimé, quand, dans les champs,
Frappés par d'harmonieux chants
Proclamant de Dieu les louanges,
Les bergers, instruits par les anges
Se dirent entre eux : « Allons voir »,
Avec eux courir, et pouvoir
Présenter au Fils de Marie
Un agneau de la bergerie.

3.

J'aurais aimé, lorsque conduits
Dans les déserts et dans les nuits
Par l'étoile mystérieuse,
Les mages à l'âme pieuse

Arrivèrent près du berceau,
Comme eux apporter en cadeau
Quelqu'objet rare qu'on admire,
Tel que l'or, l'encens ou la myrrhe.

4.

J'aurais aimé, quand il naquit
Et quand dans la crèche on le mit,
Etre un des ânes de l'étable,
Au besoin le plus misérable,
Pour saluer le bel enfant
D'un sonore et joyeux « hihan »
Puis que mon dos lui fût commode
Pour fuir loin du méchant Hérode.

5.

Mais je ne saurais me changer,
Devenir un ancien berger,
Châtelain puissant, savant mage
Et bourricot pas davantage ;
Je ne puis être qu'un garçon
Pas trop méchant ni polisson ;
Je ne puis offrir que ma vie...
— Garde-la, Seigneur, je te prie !

Ce que j'aime

J'aime le printemps et les fleurs,
Les oiseaux, l'été, la verdure ;
L'automne et ses vives couleurs
Et les troupeaux à la pâture.

J'aime cueillir en leur saison
Les noix, les prunes, les cerises ;
J'aime autour de notre maison
Courir et faire cent bêtises.

J'aime notre chatte Miquette
Qui, comme moi va sur neuf ans ;
Mon vieux Sultan, si bonne bête,
Et surtout mes chers grands-parents.

Et puis papa, maman, ma sœur,
Mon frère, encor qu'il me chicane ;
L'oncle Paul toujours si farceur,
Tante Anna, ma cousine Jeanne.

Beaucoup de choses et de gens,
Beaucoup plus que je ne puis dire,
Tous ceux qui ne sont pas méchants,
Tout ce qui chante et fait sourire.

C'est pourquoi j'aime aussi Noël,
Avec ses cadeaux, ses cantiques,
Les récits qui parlent du Ciel
Et les grands sapins magnifiques.

Et j'aime tant l'enfant Jésus,
Qu'à Noël, quand la cloche sonne,
Il me semble aimer un peu plus
Tout ce que le bon Dieu me donne.

Avant Noël

Quand Noël approche, on est sage,
On est aimable avec maman,
On cesse les cris, le tapage :
On était sot, on est charmant.

A l'école on se rend docile,
Ayant bien appris sa leçon ;
Et à son banc se tient tranquille
Le plus effronté polisson.

Grand-papa constate qu'à table,
Le « petit » se comporte mieux :
« Cet enfant devient raisonnable,
« Il est presque trop sérieux ».

Jusqu'à la vieille chatte grise,
Jusqu'à Médor, le vieux chien-loup
Qui jouissent avec surprise
De la paix qui vient tout à coup.

C'est qu'on sait que Noël apporte
Des jouets aux sages enfants
Et laisse une verge à la porte
De ceux qui sont par trop méchants.

Mais, être bon une semaine,...
Etre gentil pour un cadeau,...
Non, vraiment, ce n'est pas la peine !
Voici ce qui serait plus beau :

Nous souvenant que Dieu nous aime,
Penser à l'aimer, nous aussi ;
Le bénir pour le don suprême
Qu'il nous a fait en Jésus-Christ.

Puis, chaque jour, toute l'année,
Nous tenant près du bon Sauveur,
Marcher sur sa trace sacrée
Et le servir avec ardeur...

Joujoux, sapin, chants, poésies,
Font de Noël un bien beau jour ;
Jésus, ce sont de belles vies,
Qu'il donne pour un peu d'amour.

Mes Souhaits

———

Enfin, le voici qui revient
Avec ses dons et ses promesses !
Bon Noël, dis, tu voudras bien
Me faire part de tes largesses ?

Je ne sais trop que demander...
Je souhaiterais tant de choses !
A toi, Noël, de décider :
Sur ton bon cœur je me repose.

Des jouets tant que tu pourras :
C'est vite perdu, ça se casse...
Mon pantin qui n'a plus de bras,
Il faudrait que tu le remplaces.

Je voudrais aussi des bonbons
Et, il va sans dire, une orange.
Les chocolats, quand ils sont bons,
Avec grand plaisir je les mange.

Enfin, Noël, fais pour le mieux ;
Je ne suis pas très difficile,
Et contenter jeunes et vieux
Ne doit pas être si facile.

Mais on te sait si bienveillant
Qu'il n'est rien avec toi qu'on n'ose,
Ainsi moi, qu'on dit peu vaillant,
Je me risque, pendant qu'on cause.

Hélas ! je suis méchant parfois,
Je mériterais ta colère ;
Papa me fait sa grosse voix
Et j'afflige ma bonne mère.

Pourtant je voudrais être bon,
J'aimerais être toujours sage ;
Puisque c'est le jour du pardon
Et le jour du divin message,

Fais que j'aie un cœur doux et fort,
Qui, toujours joyeux toujours aime,
Ouvert à tous, aux siens d'abord,
Mais aussi pour le méchant même.

Pour donner un peu de bonheur,
Ce dont je suis bien incapable,
Je voudrais un bon, un grand cœur,
Comme le tien, Noël aimable.

Brave Petite

Du temple encor tout éclairé,
Sort une foule,
Qui s'écoule,
Assez lente à se séparer.

« Allons, Paul, allons, Marguerite,
« Allons, marchons un peu plus vite,
« Il faut rentrer à la maison :
« Ce n'est pas encor la saison
« De flâner à la belle étoile.
« Courons retrouver notre poêle
« Et contempler tous ces présents…
« On vous a gâtés, mes enfants ! »

A la voix joyeuse du père,
Toute la troupe a répondu ;
Même Oscar, qui s'était perdu,
Trottine à côté de sa mère,
Et chacun, précieusement,
Tient serré contre sa poitrine,
Dans le plis de sa pèlerine,
Ses cadeaux : tout un chargement !

Voici la maison, et Finette
Accueille d'un aboi joyeux
Ce cortège de gens heureux.
Mais, dans son ardeur indiscrète,
Elle fit tant qu'un gros cornet
Tomba des mains de Marguerite.
Au secours on se précipite !
Finette, hélas ! déjà tenait
Un bonhomme de pain d'épice
Qu'en un clin d'œil elle avala.
« Fallait pas le lâcher, voilà ! »
Déclara Paul, non sans malice.
Mais Marguerite, le cœur gros,
Dit en retenant ses sanglots :
« Bah ! c'est Noël aussi pour elle.
« Tu peux le manger, va, ma belle. »

Je vous convie à l'admirer.
Brave petite
Marguerite,
Tu fis bien mieux que de pleurer !

L'Orange, la Pomme et l'Etoile

Un jour, par un temps de froidure,
Dans une église se dressait
Un beau sapin dont la verdure
Sous les joujoux disparaissait.
De l'or en tombait en guirlandes,
Il scintillait de mille feux,
Portait des noix et des amandes...
En somme un sapin merveilleux.

Soudain, près d'un polichinelle
Qui, par hasard, se trouvait là,
Une absurde et vive querelle
Entre deux voisins éclata.

Ces voisins étaient des voisines...
L'orange au beau vêtement d'or,
Parfumée, élégante et fine,
Semblait avoir le premier tort.
Fière de son air exotique,
Elle critiquait méchamment
La pomme à l'aspect plus rustique,
A l'extérieur moins éclatant ;

Mais, de sa valeur consciente,
La pomme aigrement répondait,
Et, joyeux de leur mésentente,
Le polichinelle raillait.

— Honte à vous ! leur dit une étoile,
Entendant leurs méchants propos,
Votre apparence n'est qu'un voile
Qui cache les mêmes défauts.
Qu'importe l'éclat de la robe,
Qu'importent les plus beaux dehors,
Quand vilaine âme s'y dérobe
Et qu'on fait un masque du corps.
Assez de vos sottes querelles !
On dit qu'un mauvais sentiment
Peut rendre laides les plus belles :
Craignez un pareil châtiment !

Elevez plutôt vos pensées
Jusqu'au message de Noël :
Divines paroles jetées
A la terre un jour par le ciel.
Entonnez l'hymne de louanges
A la gloire du Tout-Puissant.
Chantez, comme autrefois les anges
Celui qui se donne en naissant.

Il vint du séjour de lumière
Souffrir et mourir ici-bas ;
Pour place, il voulut la dernière,
Et sa loi fut : « Tu aimeras ».

Avec lui faites votre tâche,
Vivez plus en paraissant moins,
Grandissez en foi sans relâche,
A servir, mettez tous vos soins.
Qui que l'on soit ; orange ou pomme,
Etoile, guirlande ou pantin,
Ange du ciel ou bien pauvre homme,
Il faut être un reflet divin.

Quand vient l'Hiver...

Quand vient l'hiver, maussade et sombre,
Qu'il faut la lampe avec le feu
Pour chasser la froidure et l'ombre ;
Quand rouge ou vert, lilas ou bleu,
Tout ce qui chante et qui caresse
Disparaît sous un linceul gris ;
Quand on songe non sans tristesse
Aux jours d'été trop tôt finis ;
Quand à la lumière on aspire,
Qu'on voudrait un peu de chaleur,
Dieu donne à l'âme qui soupire
Un jour tout chargé de bonheur.

Ce jour, vers le soir, au village,
Sous les manteaux, les capuchons,
Des gens, — il en est de tout âge —,
Sortent de toutes les maisons.
Bravant le verglas ou la neige,
D'un pas plus ou moins assuré,
Ils vont, ces gens, presque en cortège,
Dans le temple tout éclairé.

Alors... ô miracle ! ô merveille !...
Ebloui par ce qu'on voit là,
On se demande si l'on veille
Ou quel magicien fit cela.

Pointillé d'innombrables flammes,
Un arbre étend ses rameaux verts,
Des fils d'or y jettent leurs trames
Parmi les fruits les plus divers.
Il est si chargé qu'il en ploie,
· De bonbons, guirlandes, jouets ;
Ce qu'il porte, c'est de la joie,
De son pied jusqu'à son sommet.

On est bien, il fait chaud, on chante,
On prie, on songe, et tous les yeux
Ont une clarté scintillante,
Toutes les âmes voient les cieux ;
On croit entendre une harmonie
Venant d'un orchestre divin.
C'est d'une douceur infinie...
Dehors, il neige et vente en vain.

« Gloire à Dieu, paix sur cette terre,
« Aux hommes bonne volonté ».

C'est Noël ! en ce jour, le Père
Tend ses bras à l'humanité,
Et partout une foule aimante
Accourt auprès de l'humble enfant
Qui vient, réponse à son attente,
De la part du Dieu tout-puissant.
Car ce n'est pas l'arbre et ses flammes,
Les bonbons, les fleurs, les joujoux,
Qui font s'épanouir les âmes,
C'est Jésus, le Sauveur si doux.

Toujours ceux que déçut la vie,
Ceux qui cherchent la vérité,
Ceux qu'on blesse et qu'on humilie,
Ceux qu'attire la sainteté,
Comme les petits qu'on apporte,
Comme ceux qu'un jouet ravit,
Viendront se joindre à la cohorte
Des anges chantant dans la nuit ;
Et plus l'hiver est froid et sombre,
Plus il faut que s'ouvre le ciel,
Plus il faut que pour chasser l'ombre,
Eclate le chant de Noël.

Le premier Noël de Hiaradschko

C'était par un beau soir, vers la fin de l'année.
Une foule emplissait l'église illuminée.
Les cloches, qui semblaient résonner plus gaiement,
Lançaient dans l'air glacé leur dernier tintement.
A Noël, au village, il est peu d'infidèles,
Et même les vieillards aux mines solennelles
Se mêlaient aux enfants autour du « beau sapin ».
Seul, hésitant, furtif, à la porte, un bambin
Ouvrait de grands yeux noirs où couraient des lumières.
Des autres, il n'avait ni l'air ni les manières,
Et de son coin, il contemplait l'arbre allumé,
Ravi, certainement, mais non moins étonné.
On voyait qu'il était de ces gens que cahote
A travers monts et vaux une informe roulotte,
Raccommodeurs de parasols et de paniers,
Visiteurs dangereux parfois des poulaillers,
Diseurs pour quelques sous de la « bonne aventure »,
Cigales dont la vie en hiver devient dure
Mais qui partout chez eux sur la terre et l'été,
Ne se lassent jamais d'errer et de chanter.
Les siens campaient au lieu dénommé le « Grand chêne »,
Depuis longtemps pour eux : tout près d'une semaine,
Et plus longtemps encore au gré des villageois,
Troublés par ces « rouleurs » insoucieux des lois.

Hiaradschko, le bambin, (neuf ans, dix ans peut-être :
Qui donc se souvenait du jour qui le vit naître ?)
Ne sachant plus très bien ce qu'il avait dîné,
Mais, nourrissant l'espoir de trouver... à glaner,
Errait dans le hameau, ses deux mains dans ses poches,
Quand tout à coup partit la fanfare des cloches,
Et, curieux, le Bohémien était venu
Jusqu'au temple, malgré ses trous et ses pieds nus.

Il regarde, il écoute, et s'il ne saisit guère,
Il oublie un instant sa faim et sa misère.
Ce bel arbre, ces fleurs, ces feux étincelants,
L'orgue doux et profond, les prières, les chants,
Toutes ces nouveautés, pour le petit sauvage,
Font soupirer son cœur et briller son visage.
Et voici qu'un monsieur, grave, mais l'air très bon,
S'adresse aux tout petits. Et parfois l'un répond.
Et Hiaradschko comprend. C'est une longue histoire ;
Pas un conte ; une histoire, et que chacun doit croire ;
Où l'on voit des bergers qui gardent leurs troupeaux,
Un enfant nouveau-né qui reçoit des cadeaux.
Cet enfant qui s'appelle Jésus, Dieu l'envoie
Apporter ici-bas la lumière et la joie ;
Il nous aime, il voudrait que nous l'aimions aussi ;
Bien que nul ne le voie, il est pourtant ici.
Nous le verrons un jour, auprès de Dieu le Père,
Dans un monde meilleur et plus beau que la terre,
Et Noël tant aimé, Noël si lumineux,
Noël n'est rien auprès de ce jour bienheureux.

Hiaradschko, transporté, l'âme vibrante, écoute :
On n'entend rien de tout cela, sur la grand'route...

Et le monsieur, depuis longtemps ne parle plus
Qu'il s'attarde à penser à ce petit Jésus,
Aussi pauvre que lui, mais que pourtant on aime.
Tout-à-coup, le bambin, à sa surprise extrême,
Sent une forte main se poser sur son bras.
Il veut fuir... Inutile... On ne le lâche pas.
On le tire ; il avance ; au temple il faut qu'il entre.
De milliers de regards il croit être le centre.
Il est près du sapin. Le monsieur grave et bon
Dans sa main droite place un cornet de bonbons.
Une dame lui met dans la gauche une orange.
On lui tend une image où l'on peut voir un ange.
On l'assied, ses pieds nus sont aussitôt chaussés.
Tous les rêves qu'il fit, il les voit dépassés.
Il a des bas épais, des galoches luisantes,
Et ses épaules si souvent de froid tremblantes,
Sentent un bon manteau les couvrir doucement.

« Prions Dieu », dit quelqu'un. Sans comprendre, il entend
Monter vers le Seigneur les actions de grâce ;
Puis on sort, on se dit : « A demain », on s'embrasse,
Par groupes on s'écoule avec un bruit joyeux
Et l'âme des enfants comme celle des vieux
Emporte un souvenir qui semble une caresse ;
Autour de l'arbre, on range, on éteint, on s'empresse.
« Bonsoir, petit ami, tu peux te retirer ».
Hiaradschko ne sort pas. On l'entend murmurer :
« Tout ce qu'on m'a donné, c'est pour que je le garde ? »
O mystère et douleur de l'enfance hagarde,
Des petits sans amour, des pauvres orphelins,
Par force mendiants, au mal souvent enclins,

Qui toujours ont été si privés de tendresse,
Que leurs yeux n'ont jamais un rayon d'allégresse,
Qui ne comprennent pas ce que c'est qu'un cadeau,
Ni qu'avec un sourire on le rende plus beau !

« C'est pour toi, mon enfant. Au nom de Dieu, le Père
Qui nous aime et auquel il faut chercher à plaire,
Emporte ces objets ; mais surtout, dans ton cœur,
Garde le souvenir de Jésus, ton Sauveur ».

Le petit vagabond, dans la nuit étoilée,
Court rejoindre les siens. Son âme illuminée
Savoure la douceur de ces instants si beaux.
Sur le chemin durci résonnent ses sabots.

C'est ainsi qu'un beau jour, en cherchant aventure,
Hiaradschko, dans sa vie, eut une heure moins dure,
Que son âme entendit quelque chose du Ciel
Et qu'il lui fut donné de connaître Noël.

TROISIÈME PARTIE

Collaborateurs

SAYNÈTE

1. LE BONHOMME NOEL
2. LE SAPIN
3. L'ORNEMENT
4. LA BOUGIE
5. LE CADEAU
6. L'ÉVANGILE

Les six personnages paraissent successivement. Après avoir récité son rôle, chacun se retire un peu en arrière, faisant place à celui qui suit, mais restant en vue du public.

Au début, seul le Bonhomme Noël est donc en scène. A la fin, les six personnages s'y trouvent, l'Evangile un peu détaché du groupe.

LE BONHOMME NOEL — un garçon — se présente sous l'aspect traditionnel : houppelande, si possible garnie de fourrures, bonnet, bottes, hotte sur le dos, grand bâton à la main.

LE SAPIN — un garçon — est symbolisé par un vêtement garni de branches de sapin, ou par une grande branche que le garçon porte devant soi.

L'ORNEMENT — une fillette — porte sur sa robe — claire de préférence — quelques-uns des ornements du sapin : guirlandes, fils d'argent, collier de noix dorées.

LA BOUGIE — une fillette — habillée de couleur vive symbolisera son rôle en tenant une bougie.

LE CADEAU — fillette ou garçon — paraîtra avec un panier de jouets, une poupée ou un cheval dans les bras.

L'EVANGILE — de préférence une fillette — ; vêtement blanc, une étoile au front, un N.-T. à la main.

I

LE BONHOMME NOËL

C'est moi le Bonhomme Noël.

(s'adressant au public)

— Vous êtes bien le père Un-Tel,
Madam' Machin ou monsieur Chose.

Chacun me connaît, je suppose.

— L'âge que j'ai ? — je ne sais plus.
Les siècles m'ont fait tout perclus...
Mais qu'importe, vienne décembre,
Un sang nouveau bout dans mes membres
Et je trotte comme un lapin.
C'est moi qui dresse un beau sapin
Au foyer ainsi qu'à l'église ;
Fais surgir en la saison grise
Ces feux par milliers voltigeants ;
Apporte joie aux bonnes gens,
Et aux petits, quand ils sont sages,
Les beaux présents qui sont d'usage.
J'ai tout préparé pour ce soir.
Dans quelque coin je vais m'asseoir...

Il fallait cependant qu'on sache
Que j'ai bien accompli ma tâche.

(Dernier coup d'œil général)

Oui, tout est là : le grand sapin
Brillant d'or, d'argent... et d'étain,
Sur lequel cent trente bougies
Ont soudain poussé par magie ;
Des fruits sont dans cette corbeille ;
Les joujoux dont on s'émerveille,
Dans ce coin, les voilà. C'est bien.
A faire, il ne me reste rien
Qu'à souhaiter pleine allégresse
Aux parents comme à la jeunesse.

Amusez-vous, mes bons amis,
Et soyez toujours bien gentils.

2

LE SAPIN

Je suis celui qui de Noël
Est l'élément essentiel.
Lorsque quelque part je me dresse,
Autour de moi chacun s'empresse.
Hommes, femmes, jeunes et vieux,
Tous accourent à qui mieux mieux,
Admirer ma verte ramure,
Mon port altier et cette allure
Dont tous les arbres sont jaloux,
Depuis le misérable houx

Au chêne que l'hiver dépouille.
Ma robe sans tache ni rouille
A comme des plis somptueux ;
Mon corps, droit, svelte, harmonieux,
Plus élancé ne saurait être.
Ma cime dépasse le hêtre.
Je suis un bond du sol au ciel ;
Je suis bien « l'arbre de Noël »,
Et ceux qui de me voir s'enchantent
Le proclament haut quand ils chantent :
« Mon beau sapin, roi des forêts,
« Que j'aime ta verdure !... »
Sans moi, Noël perd ses attraits ;
Son succès, c'est moi qui l'assure.

3

L'ORNEMENT

Je suis l'ornement du sapin,
Car (*montrant le sapin*)
    les couleurs dont il se peint
Sauf dans son esprit ne sont guère.
Je ne lui ferai pas la guerre
Et j'admets son utilité,
Mais j'admire sa vanité.
Voyez jusqu'où l'orgueil se perche ;
Ce morceau de bois, cette perche,
Ce bâton habillé de vert,
De quelques rameaux recouvert,

Croit qu'à lui seul il a du charme !
Tant de candeur, vrai, vous désarme.
Que seriez-vous, monsieur, sans moi ?
Un lugubre et bien pauvre « roi » !
Ce sont mes teintes chatoyantes,
Mes guirlandes étincelantes,
Qui font toute votre beauté.
De vous on ne saurait m'ôter,
Moi, mon or, mes brillants, ma soie,
Sans perdre en même temps la joie
Qui rayonne dans tous les yeux.
Je suis quelque chose des Cieux,
Etant l'art et la grâce même ;
En vous, c'est moi surtout qu'on aime
Et c'est moi qui donne à Noël
Ce que son charme a d'immortel.

4

LA BOUGIE

Hé ! ne m'oubliez pas, m'amie,
Car, vous-même, sans la bougie,
Que seriez-vous ? — Lorsqu'il est nuit,
Quand ma clarté point ne reluit,
De même que le sapin sombre,
Vous êtes au tombeau de l'ombre ;
Votre or ou plutôt votre toc,
Qu'on a pour quelques sous, en bloc,
S'éclipse en moins d'une minute.
Pour votre beauté, quelle chute !

Vous m'empruntez tout votre éclat,
Vous n'êtes que si je suis là ;
Je suis le feu, je suis la flamme ;
Je dirais presque : je suis l'âme.
Je parais : il ne fait plus froid ;
On m'allume et voici qu'on voit ;
Je colore l'âpre décembre,
J'anime le sang dans les membres ;
Sœur de l'âtre où l'on vient s'asseoir,
Utile aux hommes chaque soir,
Il est un jour où je suis reine ;
Je me donne, je pleure et peine,
Mais je tiens bon, vais jusqu'au bout,
Mais j'éclaire et transforme tout :
Le sapin, sa verte parure,
Ses ornements et sa dorure ;
Et Noël n'est Noël vraiment
Que si j'y travaille un moment.

5

LE CADEAU

Tout beau, tout beau, chère madame !
N'y mettez donc pas tant de flamme
Et connaissez mieux vos voisins.
Que vous chantiez pouille aû sapin,
A l'ornement, ces pauvres hères,
Peu m'en chaut et c'est votre affaire ;
Mais je suis là, moi, le cadeau,
Et, sachez-le, Noël n'est beau

Que par moi, par moi seul, qui dure,
Qu'on garde, emporte, et d'aventure,
Un pareil jour si je manquais,
Noël ne ferait plus ses frais.
Vous en doutez ? Non, c'est pour rire !
Il faut que vous soyez en cire !...
C'est tout simplement délicieux !
Où sont vos oreilles, vos yeux ?
Oh ! je l'admets sans qu'on m'en prie,
Sapin, ornement ou bougie,
Vous éveillez quelqu'intérêt,
On regarde un instant, ça plaît.
Mais sitôt que mon tour arrive
Combien cet intérêt s'avive !
Tous les regards plus réjouis,
Les bras tendus, même les cris
Qu'à ces petits la joie arrache,
Et l'attente que nul ne cache,
Proclament assez clairement
Que mon tour c'est le bon moment.
Noël sans jouets, sans orange...
Ah ! ce serait vraiment étrange !

6

L'EVANGILE

Certes, Noël, c'est toi, sapin,
Et que tu sois d'or ou d'étain,
Toi, l'harmonieuse parure
Qui rehausse tant la ramure ;

C'est toi, bougie, et toi, cadeau...
N'es-tu pas la sœur du flambeau
Comme il est de l'amour le frère ?
Mais seuls vous ne pouvez rien faire ;
Votre destin c'est d'être unis ;
Soyez donc humbles, mes amis.
Quoiqu'en ce jour vous ayez place,
Combien pourtant il vous dépasse !
Noël n'est pas jeu d'un instant,
Non plus qu'un bonhomme portant
Barbe blanche et hotte garnie.
Tu mourras bien vite, ô bougie ;
Sapin, tu te consumeras ;
Ornement, tu disparaîtras ;
Cadeau, ta fin sera prochaine.
Donc pas de prétention vaine ;
Votre rôle reste assez beau :
Vous êtes servants du Très-Haut.
Noël, c'est le don du Dieu-Père,
C'est Jésus venant sur la terre,
La lumière sur nos chemins,
Le salut offert aux humains,
Pour qui croit la vie éternelle,
Pour tous une « Bonne Nouvelle ».
C'est cela, Noël, non pas vous.
Ah ! laissez querelle et courroux ;
A rien d'autre il ne faut prétendre
Qu'à la gloire de faire entendre,
Haut et clair et à tous l'appel
Qui doit retentir à Noël.

Sonnet

POUR LES « VIEUX »

Lorsqu'est venu pour nous l'automne de la vie,
Qu'on voit s'enfuir les jours de l'arrière-saison,
Qu'on aspire à la paix d'une vieille maison,
Loin d'un monde insensé duquel on se défie ;

En un corps fatigué lorsqu'une âme meurtrie
Ne semble plus devoir connaître un pur frisson,
Que seule parle en nous, froidement, la « raison » ;
De nos jeunes ardeurs la source étant tarie,

Puisse le souvenir des Noëls d'autrefois,
Que les cloches, le soir, éveillent de leur voix,
Dans l'air glacé des jours tristes de fin d'année,

Nous conduire à Celui par qui l'on est vainqueur ;
Et, la foi renaissant au fond de notre cœur,
Qu'une flamme nouvelle en nous soit allumée !

TABLE

Alençon. — Imprimerie Corbière et Jugain.